LATHA MÒR
NA
GLAODHAICH!

KU-285-280

Dha Anna Christophersen
Le deagh dhùrachd,
Rebecca

Foillsichte sa Bheurla am Breatainn le Jonathan Cape,
meur de Fhoillsichearan Chloinne Random House UK
www.randomhousechildrens.co.uk
www.kidsatrandomhouse.co.uk
Foillseachadh Beurla 2012
1 3 5 7 9 10 8 6 4 2
© sa Bheurla Rebecca Patterson, 2012

A' chiad fhoillseachadh sa Ghàidhlig 2013 le Acair Earr,
7 Sràid Sheumais, Steòrnabhagh, Eilean Leòdhais HS1 2QN
info@acairbooks.com
www.acairbooks.com

A' Ghàidhlig Norma Nicleòid
© an teacsa Ghàidhlig Acair, 2013
An dealbhachadh sa Ghàidhlig Mairead Anna NicLeòid
Na còraichean uile glèidhte sa h-uile seagh. Chan fhaodar pàirt sam bith dhen leabhar seo
ath-riochdachadh ann an dòigh sam bith no ann an cruth sam bith gun chead
ro-làimh ann an sgrìobhadh bho Acair.

Fhuair Urras Leabhraichean na h-Alba taic airgid bho Bhòrd na Gàidhlig
le foillseachadh nan leabhraichean Gàidhlig *Bookbug*.

Tha Acair a' faighinn taic bho Bhòrd na Gàidhlig.

Gheibhear clàr-catalog CIP airson an leabhair seo ann an Leabharlann Bhreatainn.

Clò-bhuailte ann an Sìona

LAGE/ISBN 978-0-86152-537-9

LATHA MÒR NA GLAODHAICH!

Rebecca Patterson

RÙM ISEABAIL

CHAN FHAOD ÙISDEAN

An-dè nuair a dhùisg mi, cò bha a-staigh
a' rùrach am measg MO SHEUDAN ach Ùisdean . . .

Agus dh'èigh mi:

GABH A-MACH ÀS MO RÙM!

agus sin mar a thòisich LATHA MÒR
NA GLAODHAICH dhòmhsa.

An uair sin thàinig mi sìos an staidhre agus chunnaic mi AN T-UGH UD.
Leig mi na ràin agus thuirt mi,

CHAN ITH MISE SIN!

agus thuirt Mamaidh, "Dh'ith thu fear an t-seachdain a chaidh.
Seall air Ùisdean ag ithe banana pronn."

Às dèidh mar a thachair leis AN UGH UABHASACH cha robh mo bhrògan a' còrdadh rium nas motha. 'S ann a shad mi dhìom iad agus thòisich mi ag èigheachd:

BRÒGAN GRÀNDA!

'S ann an uair sin a chaidh sinn dhan bhùth agus a thuirt Mamaidh,
"Sguir a chur nan caran, Iseabail."
Ach cha deigheadh agamsa air stad dheth agus mu dheireadh thall dh'èigh mi:

LEIG A-MACH MI!

Thuirt Mamaidh, "Nì thu cluasan Ùisdein goirt.
Agus tha mo cheann-sa goirt mu thràth agad."

Agus phut Ùisdean mi agus thuirt e, **"cluas."**

Feasgar thàinig Màiri agus a màthair.
Bha teatha, sùgh is briosgaidean againn.
Ach . . .

BHRIS
A' BHRIOSGAID
AGAMSA!

An uair sin cha deigheadh agam air cluich cheart a dhèanamh,
agus chùm mi orm ag ràdh,

CHAN FHAOD! CHAN FHAOD SIBHSE A BHITH NUR BANA-PHRIONNSAICHEAN!

agus 's e a thachair gun do dh'fhalbh Màiri agus a màthair dhachaigh.

Às dèidh sin bha mi aig a' chlas-dannsa. Thuirt mi,

THA DANNSA FA-A-DA

RO THACHAISEACH!

ach bha mi a' glaodhaich cho àrd 's gun do stad tè a' phiàna
agus thuirt an tidsear, "'S dòcha gum b' fheàrr dhutsa suidhe sa chòrnair."

Air an t-slighe dhachaigh thachair an tè a tha a' fuireach an ath dhoras rinn agus thuirt ise gur e Ùisdean an leanabh a b' àlainn a bha i air fhaicinn fad an latha. Agus an uair sin thuirt i,
"Ciamar a tha Iseabail?"

Bha mise pìos air dheireadh agus b' fheudar dhomh èigheachd:

THA CAS GHOIRT AGAMSA!

agus thuirt Mamaidh am b' urrainn dhomh idir mo ghuth a chumail sìos agus NAM B' E MO THOIL E an sguirinn a laighe air a' chabhsair.

An uair sin bha àm na suipeir ann.
Ach bha na peasairean ud

FADA RO THETH!

Agus bha an amar

FADA
RO
FHUAR!

Agus bha mise

RO FHLIUCH!

Agus bha siud

RO GHARG!

Às dèidh sin roilig mi air feadh an àite
agus thuirt mi,

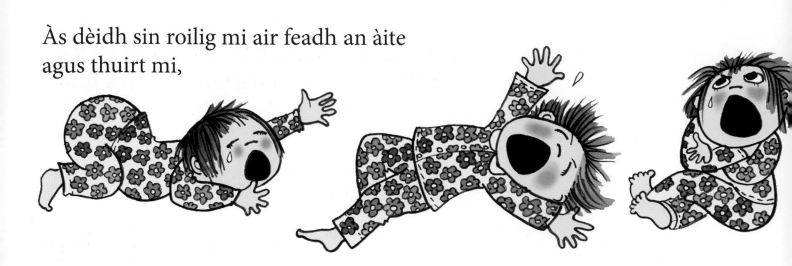

CHA TÈID, CHA TÈID, CHA TÈID

MI DHAN LEABAIDH!

agus thuirt Mamaidh, "Tha feum aig cuideigin air a dhol innte."

Ach chùm mis orm a' roiligeadh air an làr
agus an uair sin roilig mi a-steach a rùm
Ùisdein agus thuirt mi,

CHA BHI A' DOL DHAN LEABAIDH ACH BÈIBIDHEAN!

agus an uair sin thòisich
mèaranaich orm,
dìreach rud beag.

An uair sin ràinig mi
mo rùm fhìn, agus thuirt
Mamaidh,
"Cò tha 'g iarraidh stòiridh?"

agus thuirt mise,

CHAN EIL
DUINE!

Ach thàinig i a-steach co-dhiù agus shuidh sinn còmhla agus leugh i stòiridh mhath mu shìthichean agus cèic.

MÈARAN...

Thòisich mi a' mèaranaich aon uair eile
agus thuirt mi air mo shocair,

**"'S e latha mòr na glaodhaich a bh' againn
an-diugh, Mamaidh. Tha mi duilich."**

Thug i pòg dhomh agus thuirt i,
"Tha fios a'm, bidh làithean mar sin againn uile,
ach 's dòcha gum bi thu nas dòigheil
a-màireach!"

Agus …

BHA! 'S MI A BHA!
Bha mi air mo dhòigh . . .

FAD

AN

LATHA!